親愛的鼠迷朋友，
　　歡迎來到老鼠世界！

謝利連摩・史提頓

Geronimo Stilton

《鼠民公報》
辦公室

賴皮
(謝利連摩的表弟)

班哲文
(謝利連摩的姪兒)

謝利連摩‧史提頓

菲
（謝利連摩的妹妹）

老鼠記者 96

守護幸福山林

LA LEGGENDA DELLA GRANDE QUERCIA

作　　者：Geronimo Stilton　謝利連摩・史提頓
譯　　者：陸辛耘
責任編輯：胡頌茵
中文版封面設計：陳雅琳
中文版美術設計：羅益珠　劉蔚
出　　版：新雅文化事業有限公司
　　　　　香港英皇道499號北角工業大廈18樓
　　　　　電話：(852) 2138 7998
　　　　　傳真：(852) 2597 4003
　　　　　網址：http://www.sunya.com.hk
　　　　　電郵：marketing@sunya.com.hk
發　　行：香港聯合書刊物流有限公司
　　　　　香港新界大埔汀麗路36號中華商務印刷大廈3字樓
　　　　　電話：(852) 2150 2100　傳真：(852) 2407 3062
　　　　　電郵：info@suplogistics.com.hk
印　　刷：C & C Offset Printing Co., Ltd
　　　　　香港新界大埔汀麗路36號
版　　次：二〇二〇年九月初版

http://www.geronimostilton.com
Based on an original idea by Elisabetta Dami.
Art Director: Iacopo Bruno
Cover by Andrea Da Rold, Andrea Cavallini
Graphic Designer: Andrea Cavallini/ theWorldofDOT (Adapted by Sun Ya Publications (HK) Ltd.)
Illustrations of initial and end auxiliary pages: Roberto Ronchi, Ennio Bufi MAD5, Studio Parlapà and Andrea Cavallini |
Map: Andrea Da Rold and Andrea Cavallini
Story illustrations: Silva Bigolin, Daria Cerchi
Artisic Coordination: Roberta Bianchi
Artistic Assistance: Lara Martinelli, Andrea Alba Benelle
Graphics: Michela Battaglin, Marta Lorini
Geronimo Stilton names, characters and related indicia are copyright, trademark and exclusive license of Atlantyca S.p.A.
The moral right of the author has been asserted.
All Rights Reserved.
No part of this book may be stored, reproduced or transmitted in any form or by any means, electronic or mechanical,
including photocopying, recording, or by any information storage and retrieval system, without written permission from
the copyright holder.
For information address Atlantyca S.p.A., Italy-Via Leopardi 8, 20123 Milan, foreignrights@atlantyca.it
www.atlantyca.com
Stilton is the name of a famous English cheese. It is a registered trademark of the Stilton Cheese Makers' Association.
For more information go to www.stiltoncheese.com
ISBN: 978-962-08-7572-4
© 2015-Edizioni Piemme S.p.A. Palazzo Mondadori, Via Mondadori, 1- 20090 Segrate, Italy
International Rights © Atlantyca S.p.A. Italy
Traditional Chinese Edition © 2020 Sun Ya Publications (HK) Ltd.
18/F, North Point Industrial Building, 499 King's Road, Hong Kong
Published in Hong Kong
Printed in China

老鼠記者 Geronimo Stilton

守護幸福山林

謝利連摩·史提頓
Geronimo Stilton

新雅文化事業有限公司
www.sunya.com.hk

目錄

史奎克 · 愛管閒事鼠

謝利連摩的好友，是一名私家偵探，他愛管閒事，最喜歡捉弄謝利連摩。

草本鼠

謝利連摩和菲的好友，《鼠民公報》的專欄記者。她熟知各種植物和精油的特性。

伏奧泰羅 · 能量鼠博士

謝利連摩和菲的好友。他為《鼠民公報》的專欄撰稿。

天娜 · 辣尾鼠

馬克斯爺爺的傳奇管家，她的廚藝一絕。

一切是這樣開始的……

一切是這樣開始的，就是這樣……

到底是什麼事呀？你們一定會問。

別心急，讓我慢慢跟你們説，讓我先介紹一下自己：我叫謝利連摩·史提頓。我經營着《**鼠民公報**》，也就是老鼠島上最有名的**報紙**！

接下來，我將要跟你們分享是一場難忘的經歷，它徹底改變了我和我朋友們的生活。簡單來説，就是我建立了史提頓**農莊**，並拯救了一棵重要的大樹……

朋友們，這可是一場神奇的經歷啊！

那天是春分，我正在騎單車去

辦公室……

真是春光明媚啊！

我愛春天！

我一邊**騎**着單車，一邊忍不住望向妙鼠城高高低低的屋頂，望向那片蔚藍的天空：「啊！要是能聞着

花朵的芳香，聽着**鳥兒**歌唱……躺在軟綿綿的草地上，欣賞棉花

一樣的**雲朵**，那該多麼美好呀！」

咕吱吱！**春天**終於來啦！

我真想去鄉間郊遊啊……

可是，很快，我爺爺就打斷了我的美夢。他總是提醒我，**城裏**還有很多事情要做！這時，我的手機叮鈴鈴響了，爺爺的**訓斥**隨即在我耳邊響了起來：「孫兒啊！我知道你又在動什麼腦筋！你是不是不想 上 班 了？

孫兒兒兒兒！

「嗯？我真是太了解你啦！每年一到春分，你就會抬起腦袋望看**天空**……你真是越來越會**偷懶**了！不過，沒關係，現在就讓我來好好教教你，到底該怎麼**守規矩！**哼，要不是我……」

我的爺爺馬克斯，綽號：「坦克鼠」！

我試圖抗議，說：「可是爺爺……我才不是什麼**大懶鬼**，我正在騎單車去辦公室呢……」

只聽爺爺的**吼叫**震耳欲聾：「啊！！！我說得沒錯吧？！你不好好工作，就知道騎着**單車**四處遊玩！每年春天到來的時候，你都是這副德行！**快給我加速踩**，孫兒！趕緊來辦公室！我要啟動我的**懶鬼監測儀**了！」

我一頭霧水，問：「什什麼？**懶鬼**……」

他卻已經倒數起來：「我要你在**10秒**之內趕到辦公室……9……8……7……6……5……4……」

看來我別無選擇，只能做一件事——*用力騎單車！*

啊！壓力真是太大了了了了！

　　等我到達《鼠民公報》大樓門口的時候，早已氣喘吁吁，連舌頭都耷拉在嘴巴外，而爺爺也正好倒數完：「┅┅3┅┅2┅┅1┅┅0！哼，你來啦！我的大懶鬼孫兒！不過，從今以後，誰也別想給我**偷懶**！有了這個**懶鬼監測儀**，誰都逃不過我的眼睛，尤其是你！」

　　我不禁**絕望**地喊道：「能不能告訴我，這個**懶鬼監測儀**究竟是什麼呀？」

懶鬼監測儀

懶鬼監測儀是一個極為複雜的監測裝置，是馬克斯爺爺專門委託他的發明家朋友萬能·皮滋鼠所製造的，目的是為了監督懶鬼（尤其是謝利連摩·史提頓！）。

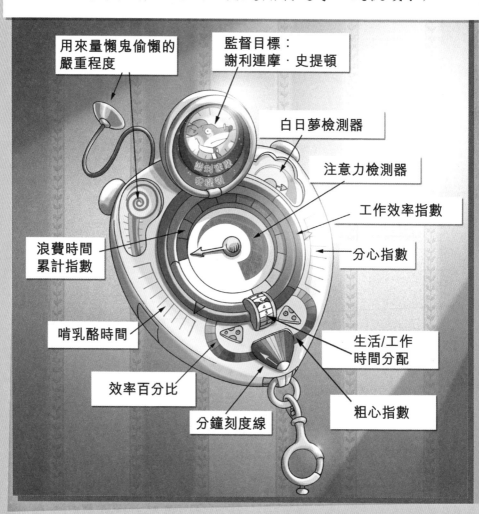

用來量懶鬼偷懶的嚴重程度

監督目標：謝利連摩·史提頓

白日夢檢測器

注意力檢測器

工作效率指數

浪費時間累計指數

分心指數

啃乳酪時間

生活/工作時間分配

效率百分比

粗心指數

分鐘刻度線

　　只見在他的鬍鬚下露出了一絲**狡黠的**笑容，說：「哈哈哈，要說懶鬼監測儀，那可是一項了不起的發明！不過，我們現在得說說你！哼！你別想騙我！你到底是不是還沒動筆**寫**自己的新書？我說，怎麼會有像你這樣的**大懶鬼**呢？」

　　咕吱吱！我低聲地回答：「呃，爺爺，寫作要有靈感……創意……我可不能**隨隨便便**就寫些什麼呀……」

　　爺爺一邊離開辦公室，一邊沒好氣地說：「哼，你就知道找藉口！趕緊給我寫，別再想什麼春天了！你這個**大懶鬼**，逃不過我的眼睛！」

啊！壓力真是太大了了了了！

紫色旋風

我嘗試開始寫新書。經過幾個**小時**又幾個**小時**，我絞盡腦汁，可……紙上還是一片空白，就和夏天的冰箱一樣空！

啊！壓力真是太大了了了了了！

突然，一股**紫色旋風**颳進了我的辦公室。原來那是多愁‧黑暗鼠！

唉喲！

　　只見她湊到我的書桌前，冷不防在我的鼻尖上**親**了一口。

　　「**親愛的**，今天是春分啊！你傻乎乎地待在辦公室做什麼？瞧你那呆滯的模樣，就跟**木乃伊**一樣！

親親！

救……

「這樣好的天氣，就該去挑選我們婚禮的**喜糖禮物**才對啊！」

就在這時，**史奎克・愛管閒事鼠**從門外探出了腦袋，說：「謝利連摩，你要不要和我一起，去解開一個小謎團？」

懶鬼監測儀突然響了起來：「**滋滋滋**……謝利連摩・史提頓還沒開始幹活……**滋滋滋**……他連一個字都沒有寫……他真是個**大懶鬼**……**滋，滋滋，滋滋滋**……」

我不禁尖叫起來：「我以一千塊莫澤雷勒乳酪的名義發誓！爺爺要我寫書，多愁要我挑選喜糖禮物，史奎克又要我去**查案**……最可怕的是，**懶鬼監測儀**還在一刻不停地監督着我！！！」

終成眷屬

多愁想嫁給謝利連摩，這是一廂情願！

啊！壓力真是太大了ㄌㄌㄌㄌㄌㄌㄌ！

三鼠姐妹團

多愁著急地說：「謝利連摩！我們不去挑喜糖盒了嗎？真沒想到你竟會這樣！你這個**木乃伊**實在太令我失望了！」

就在這時，又有鼠進入了我的辦公室……我一看，原來是菲和草本鼠！

她倆是多愁最好的朋友，這三個女孩組成了「三鼠姐妹團」，總是想方設法說服我迎娶多愁！

這時，菲和草本鼠異口同聲地**大叫**起來：「啫喱！你為什麼要惹多愁生氣？你到底做了什麼？」

三鼠姐妹團是一個很特別的友情聯盟，這些女孩都是《鼠民公報》的記者。菲·史提頓是攝影特派專員；多愁·黑暗鼠是「神秘谷」專欄作者，而草本鼠則是「草藥專欄」作者，也是一名草藥專家。她熟知各種植物和精油的特性，經常製作天然和草本化妝品，平日喜歡給大家沖泡花茶。

我不禁**抗議**説：「我惹她生氣？這怎麼可能？我只是説我得工作啦！爺爺正用**懶鬼監測儀監視**着我！你們到底知不知道呀？！」

啊！壓力真是太大了了了了了！

草本鼠笑我：「你太**緊張**了，需要喝杯花茶安神一下。等你冷靜下來，就會跟多愁和好了⋯⋯你還不知道吧？她都已經開始準備**新娘禮服**了呢！」

我忍不住大吼：「誰説要結婚了？！根本不會有什麼婚禮！我要怎麼説你們才明白呀？」

啊！壓力真是太大了了了了了！

只見草本鼠一個箭步衝了出去，大喊道：「這裏有緊急情況！我需要一杯超級**花茶**！」

不一會兒，菲和草本鼠就強迫我喝下了整整一大杯的超級**花茶**，還一口都不許我剩下！

啊！壓力真是太大了了了了了！

超級花茶

用30克檸檬香蜂草、30克椴樹花和30克橙花泡入沸水中，過濾之後加入蜂蜜，趁熱飲用。

不是我做的……是我表弟啊！

咕嚕嚕，咕嚕嚕，咕嚕嚕……我的肚子瞬間漲得**圓鼓鼓**，就像一個大蜜瓜！

我一喝完，就打了個非常響亮的**飽嗝**，簡直響得連整個辦公室的玻璃窗都開始震動起來！

我一口氣喝下了整杯花茶！

等我喝完，立刻打了一個非常響亮的飽嗝！

我決定吃點東西，好讓花茶快速吸收。嗯……要不吃一塊葛更左拉乳酪餡的巧克力？**嘻嘻嘻！**我是多麼喜愛葛更左拉乳酪餡的巧克力啊！

於是，我便打開書桌裏的暗格。嘿嘿，你們知道嗎？我**偷偷**在裏面藏了很多巧克力、糖果、餅乾，還有許多其他好吃的。可是……

……**咕吱吱！盒子怎麼是空的呢？！**

讓我來瞧瞧！

我決定啃一塊
巧克力……

咕吱吱！

……那盒子居然
是空的！咕吱吱！

我不禁尖叫起來：「是誰**偷吃**了我的巧克力？是誰？是誰？？誰誰誰？？？」

一定是我表弟**賴皮**做的！他總是喜歡趁我不在的時候，亂翻我的東西，還拿走我的餅乾……

啊！壓力真是太大了了了了了了！

就在這時，我聽到了引擎的隆隆聲……沒等我回過神，大門就打開了。一隻高大魁梧的老鼠

走進來，他身材矯健，精神抖擻。

原來是奧泰羅·能量鼠博士，《鼠民公報》的營養學家。他總是精力充沛。事實上，他一刻也不放過我，總是不厭其煩地向我灌輸健康飲食的知識。

他注視着我的雙眼，直搖起頭：「哎呀呀，史提頓！這下被我抓到了吧！你怎麼又在吃巧克力！」

我連忙辯解：「嗝，能量鼠博士，嗝，不是我做的……嗝！」

他露出壞笑，説：「那你的肚子怎麼鼓得像一個大蜜瓜……老實交代，史提頓，你到底啃了多少塊

他和菲是朋友，都喜歡摩托車。他為

奧泰羅·能量鼠博士

《鼠民公報》的「飲食小百科」專欄撰稿，也是謝利連摩的私家營養師。他説，要保持健康的身體，就必須堅持飲食均衡和體能鍛煉。他的名言是：小老鼠，別嘴饞，有我在，盯着你！

莴更左拉乳酪餡的**巧克力**？多吃巧克力對身體有害，你知道嗎？而且你不是答應過我，要好好改善自己的飲食嗎？！」

　　我努力辯解：「**嗝**……能量鼠博士，**嗝**……不是我吃的……**嗝**……是我表弟……**嗝**……賴皮！」

　　他不禁大笑起來：「哈哈哈！你知道嗎？你不僅是一隻可愛的老鼠，還具有無窮的**想像力！**平日我的病人們總會編造出**五花八門**的理由來辯解，但像你這樣的藉口，我還

是第一次聽到。對了……你能不能告訴我，為什麼要把自己關在辦公室……你不是向我保證過，要勤加鍛煉的嗎？快點，加油，動起來，動起來，動起來！」

　　咕吱吱！我回答道：「可是，能量鼠博士，我的爺爺，唉，不是，是多愁，唉，也不是，

是史奎克，哎呀，總之就是那個**懶鬼監測儀**，我……」

　　可是，他根本沒有在聽，只顧使勁地把我往外推：「別找理由，史提頓！趕快**騎單車**運動起來！趕快去郊外享受自然！你會發現好處多多！快快快！動起來、動起來、動起來！」

動起來，動起來，動起來！

向大家致以問候！

　　我決定聽從能量鼠博士的**建議**！再說，我在辦公室根本沒法集中精神啊，唉！

啊！壓力真是太大了了了了了！

　　於是，我就用手機給大家發了一封郵件……

　　　　然後，走出《**鼠民公報**》編輯部，跳上我的**單車**。

各位好！
現在我要外出尋找新書的靈感，晚些時候再見！
向大家致以問候！
謝利連摩‧史提頓

　　　　我騎上單車道，朝着城外進發。

我騎啊騎，騎啊騎，騎啊騎，騎啊騎，

阿騎啊騎啊騎……騎啊騎啊騎啊騎……騎啊騎啊騎
阿騎啊騎啊騎……騎啊騎啊騎啊騎……騎啊騎啊騎
阿騎啊騎啊騎……騎啊騎啊騎啊騎……騎啊騎啊騎
阿騎啊騎啊騎……騎啊騎啊騎啊騎……騎啊騎啊騎
阿騎啊騎啊騎……騎啊騎啊騎啊騎……騎啊騎啊騎
阿騎啊騎啊騎……騎啊騎啊騎啊騎……騎啊騎啊騎
阿騎啊騎啊騎……騎啊騎啊騎啊騎……騎啊騎啊騎
阿騎啊騎啊騎……騎啊騎啊騎啊騎……騎啊騎啊
阿騎啊騎啊騎……騎啊騎啊騎啊騎……騎啊騎啊
阿騎啊騎啊騎……騎啊騎啊騎啊騎……騎啊騎啊
阿騎啊騎啊騎……騎啊騎啊騎啊騎……騎啊騎啊騎啊
騎啊騎啊騎……騎啊騎啊騎啊騎……騎啊騎啊騎啊騎
騎啊騎啊騎……騎啊騎啊騎啊騎……騎啊騎啊騎啊騎
啊啊騎啊騎……騎啊騎啊騎啊騎……騎啊騎啊騎啊
騎啊騎啊騎騎啊騎啊騎啊騎
騎啊騎啊騎啊騎

幸福山林

1）自然公園
2）露營區
3）幸福山林城堡
4）黑暗谷
5）史提頓農莊
6）快樂峯村莊
7）札波·鋤地鼠的農莊
8）花邊三姊妹的農莊
9）傑拉托·冰凍鼠的殯儀館
10）裴佐·乳酪鼠的農莊
11）米拉莓·藍莓鼠的農莊
12）吱吱·白菜鼠
13）古老的大橡樹

很快，我就來到了郊外，來到了幸福山林……

我沿着一條**小徑**在樹林裏穿梭，並不停朝着山頂騎啊騎，騎啊騎……

嗯……我怎麼覺得自己好像來過這個地方呢？真奇怪！

春日溫暖的**陽光**曬在我的毛皮上，暖烘烘的……**小鳥**在林間快樂地歌唱……微風送來**花朵**的清香……啊，鄉間真是太美好啦……

嗯……我怎麼覺得自己好像來過這個地方呢？真奇怪！

我沉浸在這樣的思緒裏，繼續往上騎，直到抵達山頂。

啊！此刻出現在我面前的**景象**，真是壯觀極了呢！我的心裏不禁充滿了喜悅，但是……

嗯……我怎麼覺得自己好像來過這個地方呢？真奇怪！

一頭栽進了……糞堆！

　　我站在山頂，放眼望去，突然注意到一棵高大又茂密的橡樹。

　　直到這時，我才明白，
　　為什麼會對這個地方似曾相識……

　　這並不是一棵普普通通的大樹！它可是幸福山林裏傳奇的古老大橡樹呢！小時候，每到夏天，馬克斯爺爺和麗萍姑媽都會帶我來鄉間度假，地點就在這棵橡樹附近的一座農莊！

　　咦？那座舊農莊在哪兒呢？

　　它應該就在附近啊……

　　因為迫不及待想找到農莊，我飛快地

騎下山坡，回憶起童年的夏天，不禁輕歎：「咕
吱吱，多少美好的回憶啊……農莊……母雞……
幸福山林古老的大橡樹……」

在路上，我居然沒發現小徑路面上有一根
樹幹！就這樣，我像個大笨蛋一樣……一個急剎
車……

救命啊啊啊！

❶ 外一個急剎車，單車
被一根樹幹攔下了！

❷ 我騰地飛了出去……

啊呀呀！

唉喲！

❸ 徑直飛過樹幹……

單車被一根樹幹攔下了……我卻騰地飛了出去……徑直飛過樹幹……一頭栽進泥灘裏……然後滑啊滑，滑啊滑……最後，整個腦袋鑽進了一堆糞便……

呃啊！臭死啦！

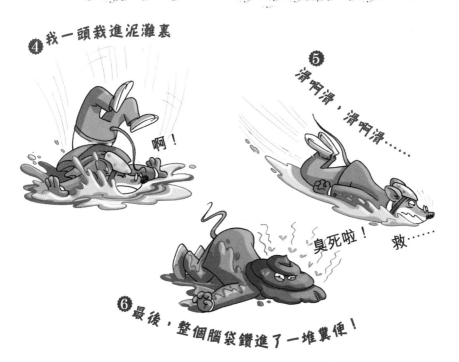

④我一頭栽進泥灘裏

啊！

⑤滑啊滑，滑啊滑……

救……

臭死啦！

⑥最後，整個腦袋鑽進了一堆糞便！

我站起身來，想用樹葉**擦去**身上的糞便，卻不小心弄得渾身上下都黏滿了糞便！

　　這時，我聽到了一片嬉笑聲：「**嘻，嘻嘻，嘻嘻嘻！**」

　　我抬起頭張望，看到面前出現了三位年長的女鼠。她們都穿着**粉紅色**套裝，正對我指指點點，一邊偷笑，一邊竊竊私語……

呵呵呵！

嘻嘻嘻！

謝利連摩・史提頓！是他沒錯！

花邊三姊妹最愛八卦消息。她們負責為村莊當地的小報撰稿，專欄名為「花邊與八卦」！她們什麼都知道，如果有她們不知道的事……她們就會自己杜撰！

最前面的那位女鼠正用 仔細打量我；第二位則不停記着筆記；至於第三位……她已經開始不停地打電話給她的朋友說三道四！

「姐妹們，快來聽聽我的**突發消息**！你們知道嗎？謝利連摩·史提頓像個大笨蛋一樣一頭栽進了**糞堆**！我親眼看見的！

當然啦！千真萬確！

是他沒錯，謝利連摩·史提頓！那個一看便知是大笨蛋的傢伙，《**鼠民公報**》的總編輯……我們已經迫不及待要把這消息發布到網站上！對對對！就叫〈花邊三姊妹獨家八卦〉！快去看！」

聽罷，我霎時**漲紅了臉**，我以一千塊莫澤雷勒乳酪的名義發誓，這真是太丟臉了啦！

就在這時，我突然發現了一輛**神秘的豹紋**轎車，它的玻璃全是深色的……

一輛超長型的豹紋轎車！

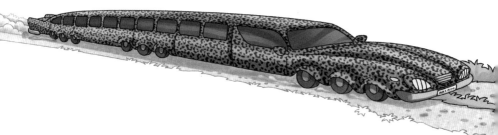

奇怪！這樣的豪華汽車怎麼會出現在**鄉村**小路上呢？

我本來應該好好思考的，但突然之間我什麼也不記得了。是的，什麼也不記得了！因為……我看見了一塊 告 示 牌 ，上面有一張讓我感到很熟悉的照片……天啊，那就是我小時候去過的 農莊 啊！

我是多麼懷念從前的日子！多少美好的記憶瞬間浮上心頭……

你知不知道自己有多幸運？

我曾在這座農莊度過許多美好的日子。當我看到它出售的消息時，不禁想：要是能和我的朋友們一起回到這裏，那該多好呀！

嗯……我真的很想把它買下……只是，這樣做是否恰當呢？

我思索了許久，然後給麗萍姑媽打電話，詢問她的意見。

她回答道：「我親愛的姪子，只要跟隨心指引的方向，就一定不會錯！」

於是，我立刻跳上單車，騎啊騎啊騎，一直騎到快樂峯，找到了那家「散養農莊地產代理公司」。

地產代理公司的經理一臉驚訝地說道：「你

知道嗎？其實還有其他客戶也對這座農莊感興趣。就在你來之前，一位**神秘的**女鼠才剛致電查詢。她不願透露姓名，但正在趕往這裏，說想把農莊買下。」

我不禁**焦急地說**：「我是不是來晚了？農莊是不是已經出售了？」

他大笑起來：「沒有沒有，史提頓先生……你知不知道自己有多**幸運**？✿是你先到的，所以……**農莊**歸你所有！」

我不禁鬆了一口氣，用顫抖的手爪把支票遞給他（誰知道我這麼做到底對不對？），然後便興高采烈地離開了**地產代理公司**。

恭喜你！

呃……我這麼做到底對不對？

離開的時候，我看見了那輛深色玻璃的神秘**豹紋**轎車，它在地產代理公司前停了下來。一位女鼠從裏面走出來。只見她戴着**太陽眼鏡**，穿着一件**豹紋**連衣裙，踩着一雙**豹紋**高跟鞋，急急忙忙走了進去。在她身後有三名保鏢跟着，他們個個高大魁梧，猶如銅牆鐵壁！

嗯……難道她就是那位想要買下農莊的**神秘**女鼠？

咦？嘿！誰知道呢！

　　我沒再多想，因為我急着趕回城裏，迫不及待要把這個好消息告訴我的朋友們。

　　我一路飛馳，終於**騎**單車回到了《鼠民公報》大樓。我一打開大門，就興奮地高喊：「朋友們，我有一個**天大的好消息**！我找到了小時候**度假**的農莊！我已經把它買下啦！現在我想邀請你們一起過去！雖然有些小修葺要進行，啊不，應該說要修理的地方還不少，不過……」

　　我的朋友們全都圍到我身邊，激動地**抱住**了我。他們齊聲喊道：「不用擔心，有我們幫你！」

……我教會了你騎單車……

……菲在那裏學會了騎馬！

史奎克破解了人生中第一個謎團……

在那座農莊裏，我還為你們建造了第一間樹屋……

馬克斯爺爺不禁感動落淚，還用領帶（*我的領帶！*）擦起鼻子：「孫兒，這次你總算做了一件好事！那座農莊承載着很多美好的回憶啊！我在那裏教會了你騎單車，菲在那裏學會了騎馬，**史奎克**破解了人生中第一個謎團……我還為你們建造了第一間樹屋……」

多美好的回憶啊！

快給我去工作！！！

我不禁感歎：「我們能一起回去了，真是太好啦，爺爺！」

這時，他卻**彈了彈**我的耳朵，說：「孫兒，你知道我的名言是什麼嗎？那就是——

工作、工作、再工作！

這座農莊關係到史提頓家族的名譽，我把它交給你了。要是膽敢**偷懶**，我絕對不會饒你！對了，我想到一個辦法來監視你……」

只聽他**大喊**：「天娜！天娜娜！天娜娜娜娜娜娜！」

天娜娜娜！

大家都讓開開開！天娜駕到！

只聽一聲大喊：「大家快讓開開開！天娜駕到！」

這時，我的手爪還揮舞在半空，身體突然被一股力量衝撞到拋了起來⋯⋯

難道是旋風？颶風？龍捲風？

不！那是天娜・辣尾鼠！

她身材嬌小但肌肉結實，就像一個壓力鍋；她辦事利索、高效率，就像最新款的吸塵機；她活力四射，彷彿全速運轉的電動打蛋器；她精力充沛，像極了馬克斯爺爺。

天娜・辣尾鼠

她的腰間掛着一根巨型擀麵杖和一把銀色的大叉子，肩上蹲着一隻可怕的母雞——麗娜，牠總是叫個不停：「咯，咯咯，咯咯咯！」

天娜·辣尾鼠
和她的七個姪子！

　　天娜·辣尾鼠是馬克斯爺爺的傳奇管家。只有她敢於和馬克斯爺爺爭辯。她廚藝一絕，招牌菜有千層麵和蘋果批。她的銀色擀麵杖（上面刻有她姓名的首字母）和大叉子從不離身。有時候，她還用它們來⋯⋯自衛！

這些是她的姪子們！

木匠米諾　　水管工瑞諾　　園丁迪諾　　犬隻護理員里諾　　機械工皮諾　　養蜂員吉諾　　農民提諾

還有牠，母雞麗娜！
每次一看見我，牠就會
啄我！啊！！！

咯，咯咯，咯咯咯！

只見天娜單手舉着一個銀色的大托盤，上面擺滿了豐富的食物：「我已為你準備好**茶點**了，馬克斯先生！」

爺爺津津有味地吃着各種食物，**舔着**鬍鬚說道：「嘖嘖嘖！孫兒啊，我有一個絕妙的想法（*呵呵呵，我的所有想法都很絕妙！*）。**我**呢，就留在辦公室。至於**你**，就和**她**一起去農莊，她會利用**懶鬼監測儀**一起看管你！」

就這樣，大家都坐上了史提頓家族的**超級露營車**，並由菲來駕駛。

超級布丁

四層意式三文治

乳酪餅乾

乳酪餡餅

藍莓批

迷你薄餅

大家都讓開開開！　　　天娜駕到！

爺爺揮舞着手帕向我們道別：「《**鼠民公報**》由我來打理！你們就放心吧！祝你們旅途愉快。」

車子越開越遠，風聲彷彿把他的回聲吹到了我的耳邊：

「**工作、工作、再工作作作作作作！**」

在前往農莊的路上，我的小腦袋裏冒出了無數個**問號**。

咕吱吱！把農莊買下，到底是不是一個正確的選擇呢？**我連鄉間的一塊乳酪都**

天娜的餐盤

這是一個可摺疊的超長銀餐盤，獨一無二。天娜總是用它為爺爺送上33道美味無比的甜品，而爺爺每次都會吃得清光，連一粒蛋糕屑都不會剩下！

辣尾甜雪糕杯

莫澤雷勒乳酪奶昔

天娜秘製蛋糕

三倍乳酪千層麵

草莓蛋糕

弄不明白……又怎麼去打理農莊和田地，怎麼去照料那些小動物呢？

因為擔心，我的**鬍鬚**也亂顫起來。這時，我感覺有一隻爪子拍了拍我的肩膀。原來是草本鼠。她喃喃說道：「別擔心，謝利連摩！你不是孤孤單單的一隻鼠！你有我們一起幫忙，大家只要齊心協力，我們一定能夠做到的！」

當我們到達農莊的時候，夕陽正逐漸西下。它把天空染成了**深深淺淺**的粉紅色，壯麗無比。

史提頓家族的
超級露營車

這可不是一輛普普通通的車子，而是一輛超級露營車！它能在路上開，能在天上飛，也能在水中游！車子內的設備應有盡有，除了餐廳、廚房和卧室，還有圖書室、游泳池、桑拿室和很多娛樂設備！

當我把那塊「出售」的牌子從泥土裏拔出的時候，不禁為修葺農莊的事情而憂心，但當我抬起頭看四周……啊！黃昏的**鄉間**實在太美啦！

　　突然，我聽到一連串的**咔嚓聲**：我以一千塊莫澤雷勒乳酪的名義發誓！啊！居然又是她們！可怕的**八卦**花邊三姊妹！

　　只見她們正拿着一台平板電腦在我面前晃來晃去，熒幕上還有一張照片。咕吱吱！那不是我嗎？蓋着**樹葉**，黏着**糞便**，從耳朵到尾巴，渾身都是！

可憐的我啊，這真是非常非常丟臉啊！

　　賴皮不禁壞笑起來，說：**「掉進臭糞堆，小心八卦鼠！照片拍下來，表哥真丟臉！大家都知道，笨蛋就是你！呼啦啦，呼啦啦！」**

我的新鄰居們……

嘿嘿……　哈哈……

噓……

花邊三姊妹
山谷中最八卦的居民

雨果

馬俠卷心里奇奧
他飼養着整座山谷脾氣
最臭的馬匹

你們要嘗嘗嗎？

米拉莓・藍莓鼠
她種植的藍莓是整
座山谷最大顆的

我抓到你啦！

瑞諾

札波・鋤地鼠一家
整座山谷最歡樂的家庭

時光飛逝……

我們很快忙活起來。那時還是**春天**……

一轉眼，**夏天**過去了……

接着我們又向**秋天**告別……

不知不覺，**冬天**來臨了……

那是12月21日冬至的晚上。我們收拾好所有的**工具**，清理了一切。多虧大家的幫忙，**農莊**的修葺工作終於完成了。它比以前更美啦！而我呢，也對鄉間生活有了更多的了解……

春天

夏天

秋天

冬天

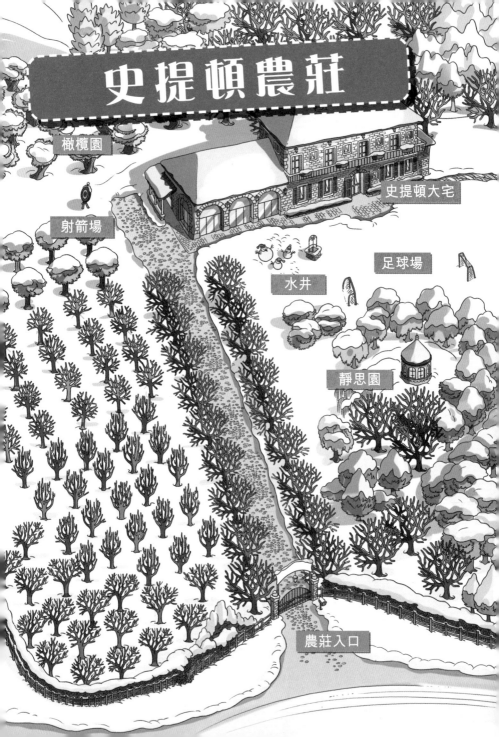

大宅內部結構圖

1. 入口
2. 通往二樓的樓梯
3. 食品儲藏室
4. 書房
5. 洗手間
6. 洗衣房
7. 廚房
8. 薄餅烤爐
9. 壁爐
10. 飯廳
11. 客廳
12. 大壁爐
13. 茶室
14. 音樂室
15. 健身房
16. 洗手間
17. 陽台
18. 客房

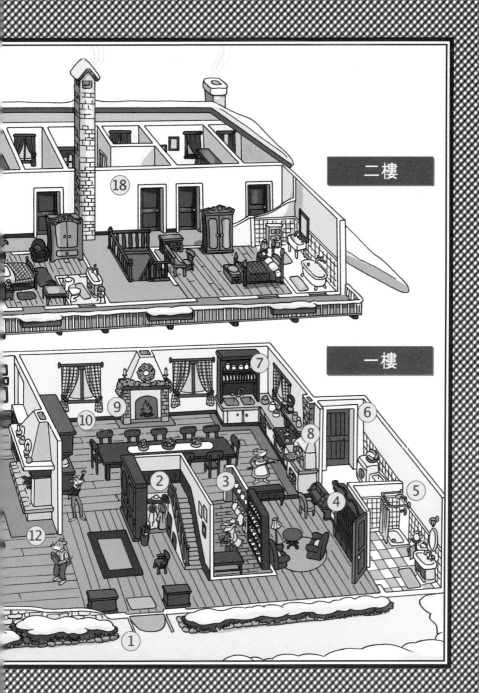

二樓

一樓

我發現了許多從前不知道的事，比如……在鄉間，每天早晨天一亮就得**起牀**！

　　每個黎明到來的時候，天娜都會交給我一張長長的清單，上面寫着當天所有的任務：「快醒醒，史提頓先生！別做**大懶鬼**，否則我就告訴你爺爺！今天你得先去雞棚拿**雞蛋**，早餐要用；然後和梅拉奧·蜂鳴鼠一起去蜂房取蜂蜜！你得幫遙遙·泡芙鼠下廚！還得去菜園向札波·鋤地鼠學種菜；對了，還要剪些香草，為母牛擠奶，然後……」

我很想睡啊！

首先……

咕吱吱，可憐的我啊！我去了雞棚，可是……唉，母雞並不總是乖乖聽話的！啊！我被她們啄得痛死了啦！

咯咯咯！

嗡嗡嗡……

我又去蜂房取**蜂蜜**，蜜蜂又一個勁兒地叮我屁股！

接着札波・鋤地鼠過來教我種菜。可是……唉，他跟我說：「首先，我們需要肥料……你去馬廄弄點馬糞來！」

我又去廚房給遙遙・泡芙鼠幫忙，她不是讓我採**黑莓**（藤上都是刺），就是採**栗子**（外殼上都是尖刺），要不就是採做湯用的**蕁麻**（哎呀呀！）。**痛死我了！**

鄉間生活真美好！
（真的嗎？）

在鄉間根本不需要**鬧鐘**，因為天一亮，公雞就會把你叫醒！

牠們會**啄**得你哇哇大叫！

要想拿走**母雞**下的蛋，那可一點兒也不容易！

蜂蜜是好吃沒錯，可是……蜜蜂實在太難纏啦！

要給菜園施肥，就需要**糞便**……

栗子醬是美味沒錯，可……栗子外殼的尖刺扎得痛死我啦！

⑥ 哎喲喲！

⑦ 砰嘰！

一到下雨天，草地就特別**濕滑**！

千萬要遠離**蕁麻**！

⑧ 怎麼這麼多荊棘刺呀！

⑨ 嗚嗚！

山羊什麼都

⑩ 救……

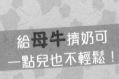

給**母牛**擠奶可一點兒也不輕鬆！

　　總之，我親愛的朋友們，鄉間生活真的很辛苦！

　　鄉間生活可不是你們想像的那麼美好。不過，每到晚上，當大家一起圍坐到壁爐前，卻都是**興高采烈**的呢！我們總會一起品嘗許多美味又健康的菜餚。對了，要說我們的最愛，那當然是**美味蔬菜濃湯雞蛋麵**，也叫「友誼之濃湯雞蛋麵」。它由多種蔬菜製作而成，這也是它的特別所在，就如同我們的**友誼**，也一樣特別！

美味蔬菜濃湯雞蛋麵

> 請在成人指導下烹調

原料（四人份）：120克雞蛋麵、200克甜菜、100克紅腰豆、100克豌豆、2個小南瓜、1個洋蔥、2個熟番茄、半棵甘藍、2個馬鈴薯、1根胡蘿蔔、1根西芹、1瓣大蒜、1把羅勒、4勺特級初榨橄欖油、1.5升水、適量鹽、20克巴馬臣乳酪碎。

製作過程：洗淨所有蔬菜並去皮切粒。將準備好的蔬菜放入鍋中，加入羅勒和已灼過的紅腰豆。倒入1.5升水，煮沸後慢燉1小時。用鹽調味。將橄欖油與雞蛋麵混合，不時攪拌，煮至麵條有咬勁。撒入巴馬臣乳酪，即可上桌！請慢慢享用吧！

大橡樹的秘密

　　那天，晚上上牀的時候，我已是**筋疲力盡**。
我多想睡個懶覺啊！可是，第二天天還沒亮，就
傳來了嘹亮的叫聲：**喔喔喔！喔喔喔喔！**

啊！那是公雞雨果！①

　　我摀住耳朵，想繼續睡，可是我的耳朵被狠
狠啄了幾下，還聽到：**咯咯咯！**

啊！那是母雞麗娜！②

　　我躲進被窩，想繼續睡，這時又有誰打開了窗戶，**冰冷的空氣**瞬間吹襲了臥室。不僅如此，她還奪走了我的被子，用大叉子敲打着鍋蓋，並且**大吼**：「你在幹什麼？還想睡覺嗎？工作、工作、再工作！**鐺鐺鐺！鐺鐺鐺！**」

　　你們一定已經知道了答案……

啊！那是天娜在早上喚醒我們！③

我只好起牀，向窗外望去。

太陽都還沒升起呢！外面**天寒地凍**，但我還是決定外出散步……

我裹上厚厚的外套、圍巾和帽子，走上了一條**小路**，地上鋪滿了厚厚的積雪。

我**安靜**地走着，呼吸冰冷的空氣，聆聽腳爪踩在雪地上的「咔嚓聲」。不知不覺，我已經走到了一棵**大橡樹**下。

誰知道它今年幾歲了呢？

誰知道有多少鳥兒已經在它的枝葉間築巢？

又有誰知道，究竟有多少長途跋涉的旅客曾在它的樹蔭下休息？

突然，我注意到樹根處豎立着一塊**古老的石碑**，上面布滿了荊棘藤蔓。

我撥開荊棘，唸了刻在石碑上的字……

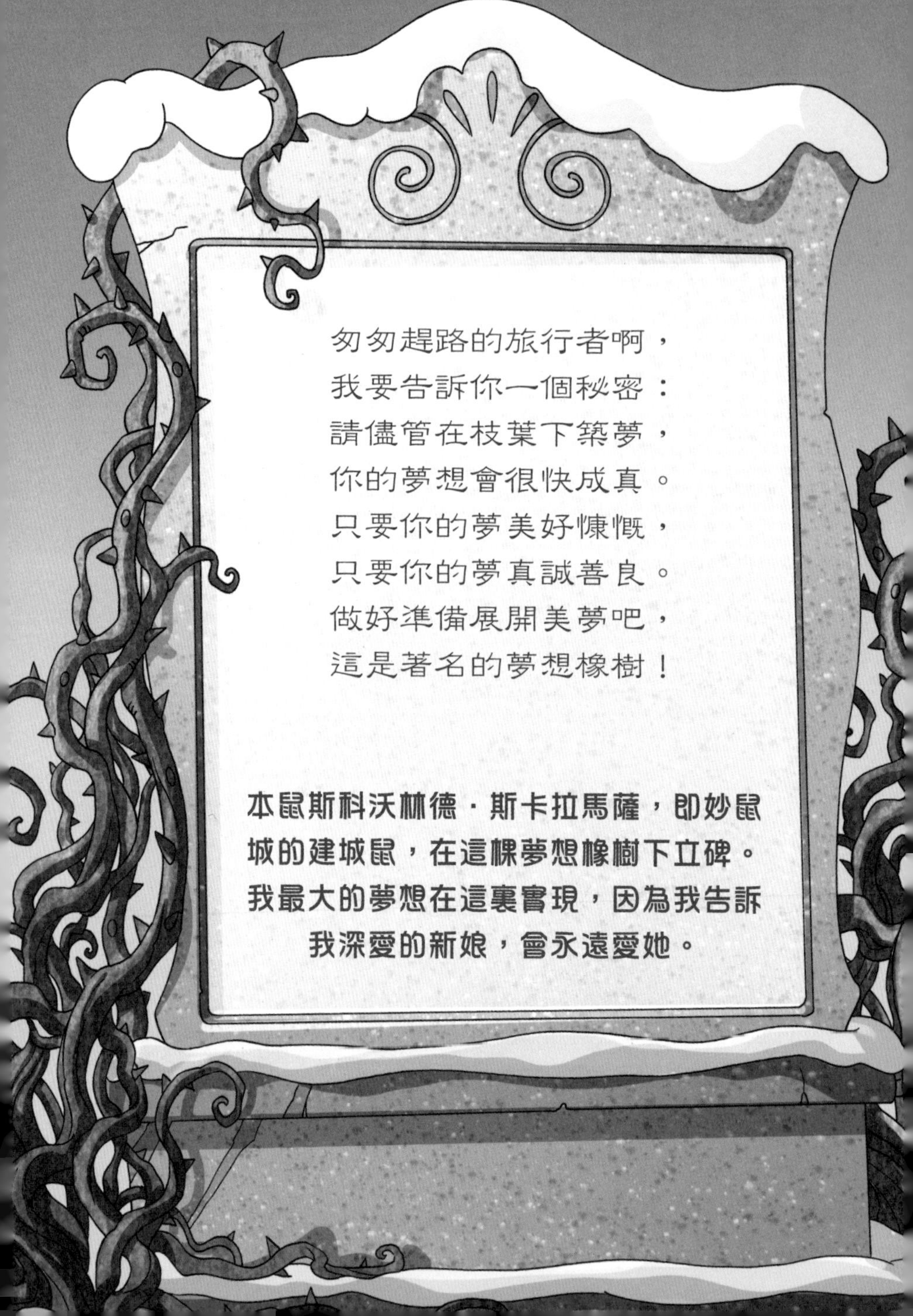

匆匆趕路的旅行者啊，
我要告訴你一個秘密：
請儘管在枝葉下築夢，
你的夢想會很快成真。
只要你的夢美好慷慨，
只要你的夢真誠善良。
做好準備展開美夢吧，
這是著名的夢想橡樹！

本鼠斯科沃林德‧斯卡拉馬薩，即妙鼠城的建城鼠，在這棵夢想橡樹下立碑。我最大的夢想在這裏實現，因為我告訴我深愛的新娘，會永遠愛她。

　　我不禁大喊：「我以一千塊莫澤雷勒乳酪的名義發誓，咕吱吱，這真是一個**非同凡響的大發現**啊！」

　　真是不敢相信！這麼多年過去了，居然誰也沒有發現這塊如此重要的石碑！它提到了**妙鼠城的建城鼠**，其歷史意義不言而喻！

　　我實在太激動了，迫不及待要把這個發現告訴我的朋友們！

斯科沃林德・斯卡拉馬薩

　　他是妙鼠城的建城鼠。

　　根據傳說，他的新娘是一位神秘貴族，熱衷於小說與童話創作。因為深愛他的新娘，斯卡拉馬薩便用白色大理石築起了一座雄偉的城堡，取名為「萬卷城堡」。

我朝着農莊跑去。就在 **原路返回** 的時候，我再一次看見了那輛裝有深色玻璃的超長型 **豹紋**轎車。

奇怪！像這樣的一輛豪華汽車，為什麼會出現在鄉村小路上呢？

嗯，嗯嗯，嗯嗯嗯，
我之前曾經見過那輛汽車⋯⋯

「不」夫人是E.G.O.企業的超級管理者。這家企業十分強大，分公司遍布各地，在老鼠島上經營各種生意。他們建造百貨公司和摩天大樓，還擁有航空公司、報紙和電視台⋯⋯無論是誰向她討價還價，她的回答都只有一個字：「不」！

一扇車窗降了下來，我隱約看見一隻**神情傲慢**的女鼠探頭張望，她留着短髮齊瀏海，正向我射來冰冷的目光（簡直就和**石頭**一樣冰冷！）

她就是我在地產代理公司門前看到的那隻女鼠。不過這一回，我認出了她——那是E.G.O.企業**無情的管理者**……「不」**夫人**！

我以一千塊莫澤雷勒乳酪的名義發誓，為什麼她會在這兒出現呀？她來幸福山林，到底要做什麼呢？

這……

一條神秘的匿名訊息

當我返回農莊的時候，大家都已經圍坐在廚房的一張**長餐桌**前，準備共享早餐。

壁爐已經點燃起來了，柴火正發出歡快的「劈啪」聲。大家齊聲**喊道**：「謝利連摩，快來和我們一起吃早餐！天娜的**蘋果批**剛剛出爐！」

我和大家坐到一起，品嘗起熱乎乎的麵包，產自農莊蜂箱的蜂蜜，自家製作的**藍莓果醬**，

早餐是一天中最重要的一餐，為我們提供一天活動所需要的能量。因此，請大家一定要記住：不可以不吃早餐！

 要享用一頓健康又有營養的早餐，需要喝一杯牛奶（或是乳酪），然後任君選擇

－ 穀物麥片

－ 麵包或多士，佐以蜂蜜或果醬

－ 普通餅乾或全麥餅乾

－ 一塊蛋糕

早餐一定要慢慢吃啊！建議大家寧可早點起牀，也要多花點時間在早餐上。同時，請記得在十時左右吃些點心，比如全麥麵包，再配上新鮮水果，或是鮮榨果汁。

還有**乳酪飲**和**乳酪**，它們都是用農莊出產的牛奶製成的呢！

噴噴噴，噴噴噴，噴噴噴噴噴！

我一邊吃，一邊把自己在大橡樹底下看到的石碑刻文告訴了大家。他們異口同聲地喊道：

「大橡樹萬歲！」

吃完早餐，我們便各自忙起不同的事，例如：看書，彈琴，做早操……班哲文和翠兒則玩起了記憶遊戲。

就在這時，我的手機震動了一下：有一條新訊息。

我一邊讀，一邊緊張得鬍鬚亂顫……

你這個喪心病狂的臭鼠，已經搶走了農莊，現在還想打大橡樹的主意？趕快給我離遠點，否則有你好看！

誰會發送這樣的訊息給我呢?

誰會如此**鬼祟**,要用一條匿名訊息來隱藏身分呢?

又是誰想讓我遠離大橡樹呢?

是誰?是誰?究竟是誰?

我不禁憂心忡忡,馬上把這條訊息拿給朋友們看。

大家不禁驚呼:「**奇怪!真奇怪!簡直太奇怪了!**」

菲説:「這實在**説不通**。有鼠想讓你遠離大橡樹⋯⋯為什麼呢?」

班哲文立刻拿出他的**平板電腦**,連上互聯網,然後輸入「幸福山林的大橡樹」進行搜索。

隨後,他説:「**今天的新聞**提到了大橡樹!」

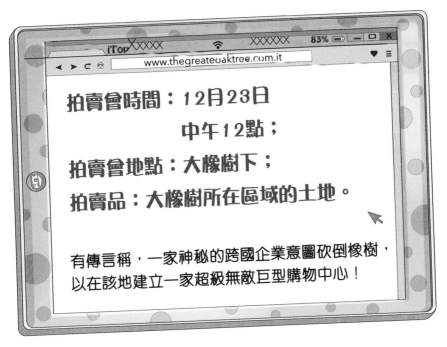

拍賣會時間：12月23日
中午12點；
拍賣會地點：大橡樹下；
拍賣品：大橡樹所在區域的土地。

有傳言稱，一家神秘的跨國企業意圖砍倒橡樹，以在該地建立一家超級無敵巨型購物中心！

讀到這裏，我不禁大喊：「現在事情已經清楚明瞭，幸福山林的**大橡樹**正面臨被砍伐的危險！我們應該怎麼辦？」

大家不約而同地喊道：

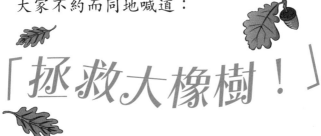

「拯救大橡樹！」

以一千根香蕉的名義發誓……

　　史奎克突然**大聲高呼**：「如果讓我抓到那些恐嚇你的壞果*，我一定要把他們打得落花流水，**跪地求饒！**我要揭露他們的真面目，還要將他們繩之以法！朋友們，我們得趕快行動，開動起我們的小腦筋！一定要儘早抓到他們！我們才不會被輕易**擊垮！**」

　　大家齊聲喊道：「謝利連摩，別害怕！**你不是孤軍奮戰！**我們與你同在！」

如果讓我抓住那些壞果……

*在史奎克的語言裏，「壞果」的意思是可恥之徒。

　　我歎了口氣：「各位，還有一件事要告訴你們……今天早上從大橡樹返回的時候，我看見了一輛裝了**深色玻璃**的超長轎車。早在我買下農莊時，就在地產代理公司門前看見過那輛車……咕吱吱，你們想知道我在車裏看見了誰嗎？」

　　大家一起尖叫起來：「**快説！是誰？**」

　　「謝利連摩，快告訴我們！」

　　「話別只説一半嘛！」

　　我的臉色已經和月光下的莫澤雷勒乳酪一樣**蒼白**：「在那輛車裏，**我看見了她，就是她，正是她**，『不』夫人啊！」

　　史奎克大喊：「嗚啊！這麼説，為了建造**購物中心**而企圖砍倒大橡樹的，就是……E.G.O.企業！我以一千根香蕉的名義發誓，我們已經剝開了香蕉皮！」

我不禁感歎：「可是，我們又能做些什麼呢？」

大家絞盡腦汁，思索着該如何拯救大橡樹。我們**想啊想**，**想啊想**，**想啊想**，想到眼冒金星……還是拿不定主意！

就在這時，「**三鼠姐妹團**」突然激動地説道：「我們有辦法了！要拯救大橡樹，只需要做一件事，就是參加拍賣會……然後奪得拍賣品！」

我表示同意：「沒錯！有誰知道我們需要多少錢才能奪得拍賣品呢？E.G.O.企業可是一家強大的跨國公司，究竟怎樣才能**擊敗**它呢？而且我們剩下的時間也不多了，拍賣會後天中午就要舉行！」

這時，班哲文、翠兒和潘朵拉停下了他們的遊戲，然後各自在書包裹**翻找**起來。不一會兒，孩子們就把他們的**撲滿**交到了我手爪裹：

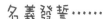

　　「這些是我們的零用錢！雖然很少，但我們也想出一分力，**拯救**大橡樹！」

　　我向他們表示感謝，說道：「孩子們，你們的想法很正確。我也要把自己的存款拿出來。如果我們大家都能盡自己的一點**綿薄之力**，

那麼加在一起，就能聚少成多！

這些是我們的零用錢！

拿着吧，啫喱叔叔！

「而且，我們還可以出版一期《鼠民公報》的特刊，通過它來募集需要的資金，參與競逐拍賣品……」

然而，我還沒說完，突然就被天娜衝過來時所形成的氣流**拋到了半空**。只見她大步流

救……

史提頓先生生生生生！

星，猶如龍捲風一般，手爪裏還舉着電話：「史提頓先生生生！你爺爺的**電話**，他要馬上和你通話，*馬上馬上馬上*！」

我調高了電話音量，這樣大家都能聽見爺爺的聲音……

什麼是拍賣？

拍賣是一種公開競投物品的商業活動。拍賣品可以是物件、建築或是土地。誰出價更高，誰就能奪得拍賣品。

特刊特刊!

爺爺洪亮的聲音從電話那頭傳來:「孫兒,天娜已經把一切都告訴我了。我必須承認,這一回,你做了一個正確的決定,**守護**自然永遠是我們的職責!**必須**拯救大橡樹,更何況它還是妙鼠城**歷史**不可或缺的一部分。它絕不能變成一個超級無敵巨型購物中心!我們會趕緊製作一期《鼠民公報》**特刊**,利用募集到的資金參與拍賣競投!不過,我們還缺少一個**主題**:應該怎樣使這期特刊顯得『**與眾不同**』呢?」

我們必須拯救大橡樹!

98

我們可以附贈遊戲紙牌，玩記憶遊戲！

草本鼠搶着回答：「我們可以為特刊設定個專題報道，就叫『**鄉間生活多美好**』！」

班哲文又補充：「我們還可以附贈遊戲紙牌，比如關於大自然的**記憶**遊戲，一定會很受歡迎的！」

爺爺不禁讚賞：「好主意，班哲文！我總說你像我！謝利連摩，你看看吧！能不能好好學學他，也讓我**滿意**……不管怎樣，你們不用擔心，編輯部的事情交給我處理就行。有我坐鎮，明天一**早**特刊就會出現在書報亭裏！好了，就這樣！」

說完，他便直接掛斷了電話。

各位親愛的鼠民朋友，你們知道嗎？第二天早上，《鼠民公報》的特刊居然在整個妙鼠城一售而空，**大獲成功！！！！**

島上的每一位居民都購買了**一份**《鼠民公報》特刊。他們紛紛用行動支持我們的任務──**拯救**大橡樹！

現在我們已經籌集到一筆很大的資金去參與**競投拍賣**，說不定還能獲勝呢！

可是……唉，我總覺得，要想**打敗**「不」夫人和她的跨國企業，不會這麼簡單……

事實證明，我的擔憂一點沒錯……

你這個喪心病狂的壞鼠！

12月23日的上午，我正要出發參加拍賣會，卻突然聽到一記刺耳的剎車聲。

緊接着是一連串的門鈴聲：

叮咚！ 叮咚！ 叮咚！

我跑去開門。出現在我面前的，是三隻體形魁梧結實的老鼠，猶如銅牆鐵壁一般！

他們二話不說先提起我的一隻耳朵，把我搖來晃去，彷彿我是一隻玩偶。

「哼！我們早就警告過你，讓你遠離大橡樹，你竟敢**耍花招！**我們勸你還是別掙扎了！她說要得到大橡樹，就一定會得到。她想要的東西必須得到，不然就會變得**非常、十分、極其**暴躁！」

我氣得鬍鬚亂顫！我以一千塊莫澤雷勒乳酪的名義發誓，怎麼會有這樣**蠻不講理**的老鼠？!

哼！ 哼！

哼！

咕吱吱！

我回答：「我才不怕。不，應該是

我們才不怕！

你們儘管去告訴『不』夫人，拍賣會我們一定會參與的……而且我們一定會贏！」

這時，那汽車的車窗降了下來。只見「不」夫人朝我投來一道冰冷的目光，比冬夜還冰冷！

她咬牙切齒地說：「你這個**喪心病狂的壞鼠**，竟敢挑戰我『不』夫人？我一定會砍倒大橡樹，建起超級無敵巨型購物中心！只有強者才能取勝，而我就是強者！無論何時何地，勝利永遠只屬於我！」

她話音剛落，汽車就「嗖」地開了出去。

正午時分，大家全都聚集到了幸福山林的大橡樹下……拍賣會即將開始！

我激動萬分，心臟**撲通撲通**跳得厲害，但我**一點兒也不害怕**，因為我知道自己不是孤軍奮戰！

　　事實上，所有**喜歡我**、關心我的老鼠（所有！）都在我身邊。他們專程從妙鼠城趕來支持我，包括在最後一刻到達現場的艾拿。

　　拍賣會正式開始。只聽**拍賣師**宣布：「各位先生、女士，今天我們齊聚一堂，參加幸福山林**大橡樹**區域土地的拍賣。我們的拍賣底價是……」

　　我立刻提出了一個高價！

　　全場觀眾不禁驚呼：

「嘩 啊 啊 啊 啊 !!」

拍賣師問道：「還有誰願意出價嗎？」

「不」夫人馬上發出**刺耳的**聲音呼喊說：「我！！我出雙倍！」

我又舉起**手爪**，高喊道：「我繼續出價，嗯……*雙倍的雙倍*！」

只見「不」夫人抬了抬**左邊的**眉毛。看得出她很驚訝，因為她以為我根本沒那麼多錢！隨後，她**尖叫**道：「那我……我出雙倍的雙倍的雙倍！」

誰願意出價？

拍賣師

拍賣師負責主持拍賣會競投活動，描述拍品，並把拍品出售給最高出價者。

我出雙倍!

我出,嗯……
雙倍的雙倍!

我出雙倍的
雙倍的雙倍!

我雙倍的雙倍的
雙倍的雙倍!

多虧了《鼠民公報》特刊籌集到的資金,我還能繼續出價:「我出雙倍的雙倍的雙倍的雙倍!」

「不」夫人又抬了抬**右邊的**眉毛(現在她真是吃驚得目瞪口呆了!),然後大聲高呼:「我出雙倍的雙倍的雙倍的雙倍的雙倍!」

我**直視**她的雙眼,驕傲地回應:「那……我出雙倍的雙倍的雙倍的雙倍的雙倍的雙倍!」

她**火冒三丈**:「喪心病狂的壞鼠,竟敢挑戰我?!

「你們統統給我記下來：我出雙倍的雙倍的雙倍的雙倍的雙倍的雙倍的雙倍！**聽清楚了嗎？**」

我壓力大得鬍鬚**亂顫**，最後一次舉起了手。要知道，我已經**用完**了《鼠民公報》籌集的全部資金！

這時，史奎克在我耳邊**悄聲**說道：「怎麼辦，謝利連摩？我們已經花完了所有錢，連一分錢都加不了……」

唉，誰能想到，此時此刻，「不」夫人的**保鏢**就陰險地躲在我們身後。他們把我們的對話告訴了她！

當她得知我連一分錢都加不了時，不禁露出了奸詐的笑容。她以為自己勝券在握，齜牙咧嘴地說道：「在謝利連摩・史提頓的出價上，我再多出……**一分錢**！喪心病狂的壞鼠，乳臭未乾的臭小子，自不量力的笨老鼠，我看你怎麼辦？」

全場譁然，紛紛轉過身，喃喃說道：

「嘩 啊 啊 啊 啊！
這下謝利連摩・史提頓
該怎麼辦？」

拍賣師詢問：「各位先生、女士，請問還有誰願意出價嗎？」

我的臉刷地一下**蒼白**得就像莫澤雷勒乳酪一樣。我沒有多餘的錢提出**更高的價格**了，一切都結束了。

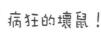

與此同時，「不」夫人已經確信自己奠定勝局。她一邊狂笑，一邊得意地大喊：「沒招了吧，嗯？**喪心病狂的壞鼠**，你輸了！讓你再挑戰我呀？**獲得勝利的是我，我，我我我！**」

她繼續大吼：「現在我要砍倒那棵礙事的大樹！啊哈哈！這樣大家才會知道，老鼠島上究竟誰說了算算算算！**是我！是我『不』夫人人人！**」

就在這時……

班哲文拉了拉我的衣袖：「叔叔，一切還沒結束呢！」

謝謝!

快拿着，啫喱叔叔!

只見他遞給我**兩枚硬幣**：「這是我在書包底部找到的，可能是之前不小心從**撲滿**裏掉出來的。」

我握緊硬幣，轉身面向拍賣師，**急切地**喊道：「我要出價!在『不』夫人的出價上，我再加兩元!」

是我說了算算算!

然而，她還在拼命地吼叫，根本沒聽見我的**出價!**

成交!

她甚至都沒聽見拍賣師的最後一次詢問：「還有誰願意出價?**一次⋯⋯兩次⋯⋯三次⋯⋯**恭喜謝利連摩·史提頓獲得拍賣品!」

觀眾發出了響亮的歡呼：

「贏得勝利的是史提頓！
謝利連摩・史提頓！大橡樹萬歲！」

直到這時，「不」夫人才回過神來。

只見她火冒三丈，嘶聲力竭：「不行！快

給我停下！重新再來！我沒聽見！」

拍賣師卻搖搖頭，說：「我很

抱歉，夫人。根據規則，是史提頓先

生贏得了拍賣品。」

沒錯！我們**勝利**啦……我們成功拯救

了大橡樹！

我的夢想是……

　　自那以後，每年的 **12月23日**，在大橡樹底下，史提頓農莊都會舉行……

一場不同凡響的慶祝活動。

　　這場活動向所有朋友開放，目的是為了一起回憶，當初我們團結一心，像個大**家庭**一樣，**拯救**了那棵傳奇的大樹。

　　與此同時，為了紀念斯科沃林德·斯卡拉馬薩和他的新娘，每年我們都會在橡樹的樹枝上掛上字條，寫下我們想要實現的**夢想**……

　　因為那棵大樹一直都是**夢想之樹**！

對了，你們想知道我的夢想是什麼嗎？

那就是……大家都能**和諧**共處，彼此尊重，並熱愛自然！

這真是一個**非凡的**夢想，對不對？

只要一起努力，我們一定可以實現這個夢想！

這是史提頓說的！
謝利連摩‧史提頓！

妙鼠城

老鼠島

1. 大冰湖
2. 毛結冰山
3. 滑溜溜冰川
4. 鼠皮疙瘩山
5. 鼠基斯坦
6. 鼠坦尼亞
7. 吸血鬼山
8. 鐵板鼠火山
9. 硫磺湖
10. 貓止步關
11. 醉酒峯
12. 黑森林
13. 吸血鬼谷
14. 發冷山
15. 黑影關
16. 吝嗇鼠城堡
17. 自然保護公園
18. 拉斯鼠維加斯海岸
19. 化石森林
20. 小鼠湖
21. 中鼠湖
22. 大鼠湖
23. 諾比奧拉乳酪峯
24. 肯尼貓城堡
25. 巨杉山谷
26. 梵提娜乳酪泉
27. 硫磺沼澤
28. 間歇泉
29. 田鼠谷
30. 瘋鼠谷
31. 蚊子沼澤
32. 史卓奇諾乳酪城堡
33. 鼠哈拉沙漠
34. 喘氣駱駝綠洲
35. 第一山
36. 熱帶叢林
37. 蚊子谷
38. 鼠福港
39. 三鼠市
40. 臭味港
41. 壯鼠市
42. 老鼠塔
43. 妙鼠城
44. 海盜貓船
45. 快活谷

《鼠民公報》大樓

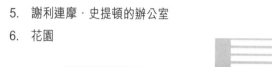

1. 正門
2. 印刷部（印刷圖書和報紙的地方）
3. 會計部
4. 編輯部（編輯、美術設計和繪圖人員工作的地方）
5. 謝利連摩·史提頓的辦公室
6. 花園

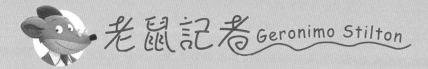
老鼠記者 Geronimo Stilton

與老鼠記者一起
歷奇探險走天下！

親愛的鼠迷朋友，

下次再見！

謝利連摩・史提頓

Geronimo Stilton